名流詩叢 5

安魂曲

獻詩給你等

代表台灣倔強的精神

安息乎　眾神魂

安息乎　眾神魂

李魁賢◎著

自　序

　　2001年僥倖榮獲行政院文化獎，文建會為我出版《李魁賢詩集》一套六冊，包含已出未出的詩集共14種，合計773首詩，是我在二十世紀所寫詩的總集，第14集《千禧年詩集》的第二輯《五月》則跨越到2001年。

　　進入二十一世紀，我寫詩的心情，因歲月的漱石枕流，更是隨興所至，隨心所之，既不計較，也不強求，喜不自詡，悲不自艾，定性靜觀，通體透明，詩自在心，逐波流轉，順手偶得，自然成形，或任其飄然而過，詩緣不留，亦不覺有憾。

　　或許因此更能得心應手，無論題材、形式、技巧、結構、表現手法等等，隨手摘取，隨機應變，不求一貫，不定一尊，不守任何舊慣，感到心物一體，

揮灑自如，寫詩誠為痛快淋漓之事，世間至樂，莫此為甚。

一向堅持情為詩本，詩是人間有情有義的成品，技巧雖是末節，卻能彰顯詩情魅力，然而如無情無義，徒露巧飾雕琢，若形式與本質求得諧和，自是詩趣橫生。世間可入詩題材俯拾皆是，素材不同，料理手法自應有別，斷無一成不變之理。詩到，心要到，所謂運用之妙，存乎一心，可化三千，設僅取一瓢，豈非暴殄天物。

是以，詩道即心道，道則必有規，規不必以矩，不持規劃之，內化為尚，詩道自適，心道自然，或抒情、或批判、或記遊、或冥想，海闊天空，心曠神怡，既是明鏡台，自能攝取萬物，加以包容。

二二八成為台灣人悲情的意符，變成台灣社會的集體無意識，我曾著文呼籲以藝術手段走向後二二八時代。近年來，社會已打破禁忌，趨向開放，成效顯著，詩人戮力醒目。

拙作〈二二八安魂曲〉華語版第一章曾由游昌發

譜成輕歌劇，於2002年6月15日在台灣文資中心首演，全詩2003年2月28日發表於《自由時報》，前一晚由台灣北社安排在二二八紀念公園紀念晚會朗誦，台語版2006年2月28日發表於《台灣日報》，全詩六章228行由柯芳隆譜成交響樂與合唱曲，2008年4月7日在國家音樂廳首演，並製作光碟片發行國內外。

　　本詩集以《安魂曲》為名，固不止以慰二二八政治事件受難者之靈為限，亦在砥礪自己充分發揮人的本質，但求盡其在我，安心無愧。詩雖不免有時遭雕蟲小技之譏，但詩之為詩，做為精神安慰劑，確也有不可取代之妙方，安魂為曲，其然乎！

　　《安魂曲》53首，率皆於2002～2006年間所執筆，其後仍然有新作，此次得以套書方式同步付梓，我心不死，詩當與我常相左右，透過詩可以和讀者心靈溝通，幸何如之也。

2009.05.28

水　流 (台語)

水來自源頭

水流向出口

有時遇著湍流

有時穩穩矣流

有時形成大大小小的

水窟仔和水潭仔

匯聚上游的水

供應下游的水源

水要不斷在流

才會變成溪

變成河流

變成開闊的海

2006.03.25

若有人問起（台語）

若有人問起

你是什麼人

你講我是忠厚人

古早行過黑暗的歷史

話講未大聲

若有人復再問起

你是什麼人

你講我是海島人

開闊的世界

帶領希望的時代

若有人堅持問起

你到底是什麼人

你應該有充分自信

用堅定的語氣講

我是台灣人

2002.04.16

北投謠曲（台語）

大屯山　關渡米

北投石　礦水味

北投山水清秀氣

土地有情人有意

代代傳　無了時

大家打拚好企起

創造北投好景緻

愛台灣　世界表善意

萬年家鄉真善美

2002

投射燈
——給作曲家馬水龍

音符化成千軍萬馬

在台上十面埋伏廝殺

我內心的電磁爐上

蒸汽沸騰　抑制不住……

作曲家坐在台下靜靜的角落

光線幽黯的地方

音符從他的心靈躍上舞台

他沉寂在感動自己的空無裡

像一尊佛像

不計較人間煙火

他終於被邀請上台接受滿抱的鮮花

掌聲從十面埋伏中衝出

我看到歷史

正以最強烈的投射燈

從帷幕上方投射在他身上

2003.11.07

秋　池

風吹

魚紛紛

飛入池塘裡

色彩斑斕的魚

浮在水面上

望著天空

終究

要丟棄

人間的形體吧

剩下一幅

魚骨造型般

嶙峋的葉脈

像歷史

透明

沉在池底

2003.10.27

告　白

來測試我的脊梁

在疏鬆的骨質中是否顯示

鋼鐵歷史的核磁共振

我心境如水

但願為你鑑照

放空一切的實在

繁華本是過眼雲煙

剖開身外物的偽裝

樸素本質終歸於自然

蟬不在乎何時秋殘

我們儘管聲嘶力竭歌唱

至少可以給自己一些溫暖

2005.04.29

愛 字

櫻花國度送來訊息的愛字

櫻花季節寄到的愛字

胭紅的油彩書寫的愛字

白色岩石間擠出鮮血的愛字

溫柔的和紙中傳遞的愛字

巧思尋求回應的愛字

越洋展演藝術交流的愛字

相約在威尼斯雙年展中會面的愛字

靜靜沒有聲音的愛字

心谷中不時迴盪的愛字

陌生人不忮不求的愛字

為了宣揚人類愛的愛字

2005.04.15

海 浪

一陣海浪
夾帶四方潮流
湧來

有礁石的詩人
有漂木的詩人
有流沙的詩人

張開浪花的白齒
嘩啦啦
朗誦記遊詩

有天空的風

有遠方的雅

有陸地的頌

海浪急退

詩人隨著四散

詩留下泡沫……

2005.05.13

妳笑出了陽光

似暖還寒時候

妳笑出了陽光

溫和的習性

堅持毅力培養

無限的能量

不求目的性的存在

最是優游自在

紛紛擾擾的環境裡

是最具力量的武器

可以抵抗邪惡

戰勝癌

2006.04.19

辯　證

五歲的兒童
突然冒出：
真的要作成假的
假的要作成真的

他剛才熱中於
把掃把和畚斗的手柄
架成一支麥克風
上面擺著小鼓和陶笛
邊打邊吹
學野台上的歌手

他從生活上領悟到

矛盾的辯證了嗎

我忍不住問：

真的作成真的呢

真的不能作成真的

他毫不思索地說：

如果真的作成真的

那是假的

我突然想到

昨天總統候選人辯論會

從財經　司法到教育

好像缺乏文化

那些辯論似真似假

在印證什麼

我緊接著問：

那假的作成假的呢

假的也不能作成假的

否定論運用自如地說：

如果假的作成假的

那是真的

五歲的男孩

體驗邏各是的辯證

我聯想到

辯論後的記者招待會

各是其是的口沫

橫飛

2004.02.15

淡水洲子灣

這個灣弧度剛好
六十　一甲子
沙灘攤平
帶有可以揮灑的斜度

我疾疾走在前方
越過一些刻意佈置的
磊砢礁石
不意到了滬口
昨天在掏空滬底的怪手
已經撤走

軋軋的怪聲還遺留著
我禁不住的吼叫聲

還沒出口
就被強風捲走

小孩子落後了很遠
在沙地上畫車畫輪子
打手印
大剌剌叫母親
幫他簽上還不認識的名字
好在正當退潮
不像我從滬口一轉身
腳印早被潮水吞噬
潮水不太情願退落
在礁石間嘩啦啦掙扎

烏雲密佈總有疏漏

午後的太陽用探照燈

從雲隙強光探索

除了海面不時出現

銀鱗般的一兩片反光

像剛撿到的珠貝

亮麗

像某一段歷史

不見真相

小孩子今夜會有一個美夢吧

夢見他的圖畫和名字

留在沙灘上

像他撒的尿留在

太平洋裡

2003.10.05

羅　列

你死了以後
房子和這一切都變成我的
我就住到你家裡來
五歲的孩子很認真說

孩子看我在寫字
他不會寫　只能繪畫
他很認真繪火車
一節一節的捷運車廂
無數的窗口羅列著

我說
捷運沒人坐嗎
窗口沒看到人

有啊

因為窗口反光

看不到裡面的人

我看孩子在繪畫

我不會繪畫　只能寫字

我很認真寫評論文章

一張一張的稿紙

社會的醜態羅列著

世界的窗口也會反光嗎

一列一列的人生

還看不清應有面貌
就忽地過去了

好的　好的
我死了以後
我空了　房子也空了
你是實在的
世界永遠不會空

2004.06.21

有鳥飛過

六歲的小孩

在車上一再叮嚀

前面有鳥飛過

小心不要撞到

等一下又說

有蝴蝶

小心蝴蝶

不要撞到

我說放心啦

看到螞蟻

我也會停車
讓螞蟻慢慢走過

還有細菌呢
他有些憂心地說
還有細菌呢
怎麼辦

2005.09.12

社會現象

冷不防

在眾人面前

兩腳朝地

噗通跪下去

彎彎曲曲俯在地上

冷不防

趁沒人注意

從高樓朝地

噗通跳下去

正正直直躺在地上

生不如死啊

不，真的

生者不如死者啊

早該跪下去了

虧欠台灣這塊土地

太多太多了

其實不應該跳下去

可為台灣這塊土地打拚

太多太多了

2003.11.16

祈　雨

天佑台灣

下一場大雨吧

當心靈的水庫乾枯

當心田龜裂

天佑台灣

下一場大雨吧

當善良的人民大眾

受到政客煽情的蒙蔽

天佑台灣

下一場大雨吧

當還有那麼多人站在

化身獨裁者周圍呼喚擁護民主

天佑台灣

下一場大雨吧

當心懷怨恨過站不停的人

在詮釋愛的真諦

天佑台灣

下一場大雨吧

當滿天的藍色謊言需要洗清

大地需要恢復春天綠意

2004.03.22

姓名危機

有人試圖更改我的名字

我在詩中信誓旦旦

衛護我的本名主權

「從出生到入罈

　有始有終」

已面臨到危機

Lee Kuei-shien

忽然變成Li Kui-xian

誰的主意我不知

是誰立下的什麼規則

別人可以決定

隨意更改我的名字

抹消我建立的形象

創造一個虛無的存在

認定那是我

我發不出那虛擬名字的聲音

啊　原來要使我失聲

是從更改我的名字入手

我的主權面臨挑戰

堅持我真實的名字

不是主張

是天經地義的權利

2006.01.18

SARS焦慮症

1. SARS疫情發作

SARS是飛沫傳染
所以就禁止口沫飛濺吧

可是政客的口水愈來愈多
未經消毒和過濾
媒體就忙著到處傳播

每天對著電視機消毒
政客的口水照樣飛濺
每天對著報紙消毒
媒體的病毒照樣傳播

戴上口罩是不再發聲的意思

然而政客的口罩

卻加裝擴音器

聲音愈來愈大

2. 都是SARS的緣故

鳳梨漲價了　SARS的緣故

木瓜漲價了　SARS的緣故

蓮霧漲價了　SARS的緣故

口罩漲價了　SARS的緣故

酒精漲價了　SARS的緣故

睡眠漲價了　SARS的緣故

護士隔離了　SARS的緣故

醫師隔離了　SARS的緣故

鄰居隔離了　SARS的緣故

台灣要與中國隔離了

都是SARS的緣故

台灣受到SARS的肆虐

啊啊　是迷信中國的緣故

3. 預防SARS的措施

預防SARS

改變許多飲食習慣

出現特殊口服液

還有據說是祖傳祕方

預防SARS

不戴胸罩　改做口罩

口罩進入服裝秀排行榜

展現新流行的趨勢

預防SARS

不搭電梯　改走樓梯

不乘交通工具　改為步行

不必宣導　改為回家吃晚飯

預防SARS

遠離中國病源

已經連根移植出去的台商

甘願回來打造新的園地

4. 感染SARS的說法

有一位醫生說
SARS主要是性行為感染
於是開始節慾
出現了精神恍惚

另有一位醫師說
為了防止SARS感染
減少外出　吃好睡飽

於是在家吃飽睡　睡飽吃
身心完全休息

一個月胖三公斤

可是今天
又有一位醫師說
胖的人容易感染SARS

5. SARS的另類併發症

由於怕SARS
頭皮開始發癢
不時會頭痛

由於怕SARS
盡量休息睡覺保持體力
結果因睡過多而睡不著
心臟跳動不規律

由於怕SARS
不敢外出開會應酬

腳部關節開始退化

皮膚無緣無故紅腫

由於怕SARS

關閉嘴巴　比手畫腳

和外銷產品一樣

語言喪失了出口通路

6. SARS侵襲的現象

SARS侵襲的時候

病人擁向急診處

內科醫師累倒了

護士疲於奔命

SARS侵襲的時候

需要X光的探照

胸腔科的醫師卻照出

自己的肺部受到浸潤

SARS侵襲的時候

不能照顧親人

不能見最後一面

精神科醫師開始忙碌

SARS侵襲的時候

怕被感染又怕傳染別人

不明不白的病死

皮膚科醫師亂了手腳

SARS侵襲的時候

有些醫師閒得沒事做

7. SARS戴口罩的虛實

到醫院　戴口罩

進辦公大樓　戴口罩

去郵局　戴口罩

上銀行　戴口罩

（成了嫌疑份子

門口有脫口罩的告示）

去餐廳　戴口罩

到齒科診所　戴口罩

上床　戴口罩

逛街　戴口罩
（遇到朋友
相逢不相識）

電視採訪　戴口罩
（原來那位女記者
有一雙很美的眼睛）

8. 抗SARS紀念碑

被SARS煞死的人
心安理得走了
因為他（她）們很盡心
照顧過SARS的病患

有些未被SARS煞到的人
以惡毒言語罵人
比SARS更惡毒
以粗暴的態度待人
比SARS更粗暴

他（她）們煞士的形象
比SARS更像SARS

用心對抗SARS的人
被惡毒和粗暴打倒
靜靜離開他（她）的崗位
用心防衛自己崗位的人
被無情的SARS打倒
用哽聲多流幾滴眼淚
變成媒體的英雄

真正的英雄沉默
走的走了　倒的倒了

盡心的靜心工作

紀念碑立在抗煞的人心上

2003.05.18～27

圍　城

自己人發動群眾

包圍插自己旗幟的城堡

自己人封鎖道路

不讓自己人自由走動

自己人辱罵自己選出的領袖

獲得敵人讚譽正直

自己人以別人的錢支持力量

指控拿自己錢的人貪腐

自己人以倒豎拇指的肢體語言

頻頻指向自己的下體

自己人以敵人恐怖的顏色

做為識別來限制自己的行為

自己人打自己的嘴巴

向天下宣告自己不畏死的勇敢

自己人凝聚一生最後的意志力

向自己虛幻的圖騰宣戰

2006.10.08

和平示威

自己人一律

拿同樣圖案的旗幟

穿同樣顏色的衣服

自己人一律

比同樣的手勢

走同樣的路線

自己人一律

針對同樣的對象

指控同樣的議題

自己人一律

以同樣熱情擁抱敵人成為朋友

用同樣鬥氣驅逐朋友成為敵人

自己人一律

碰觸同樣的傷口

敷貼同樣的膏藥

自己人一律

藉示威遊行宣傳和平

出恫嚇言辭表達愛意

2006.10.08

紀念館

自己的意識任由別人灌輸

自己的胃腸任由別人餵養

自己的腦袋任由別人控制

自己的服裝任由別人規定

自己的行程任由別人策劃

自己的車輛任由別人供應

自己的豪宅任由別人贈送

自己的群眾任由別人號召

自己的口號任由別人呼喊

自己的同志任由別人攻擊

自己的歷史任由別人定奪

自己的鄉土任由別人踐踏

自己的紀念館任由自己想像

2006.10.09

等待的詩

等待

是不能實現的計畫

才能有所成就

因為等到實現的時候

等待就要結束

畢竟

等待就是不定形的舉動

對某些事務的期許

完成等待的形式

然而實質的等待

卻在漸進和漸退之間

等待的是什麼形相

卻凝結不出輪廓

等待的是什麼顏色

卻永遠混沌斑駁

等待的利益

一直是被人奪取的對象

等待的功名

一直是別人籠絡的手段

是誰在等待

政客　將軍　教師　商人

善於追求

而不在乎等待

只有情人的等待

是在等待

又不在等待

因為要保持等待的永恆

而不耐永恆的等待

等待的終極是什麼

是時間

是歡笑

還是分離

無法預知的記錄

詩是最好的等待

政客等待詩出現

比選票更少機會

將軍等待詩出現

比拔劍還希罕

商人等待詩出現

像遇到隱形的神仙

教師等待詩出現

忽略了孩童的笑臉

情人等待詩出現

常會在夢中遇見

得到是一種幸福

卻容易忘記

得不到是一種期待

期待中有幸福

始終在遠方閃光

等待中的詩

常以少女的形象出現

在不定的時間

不定的場所

以不定的影像

等待不忍失去

堅持到成為永恆

詩在等待中

在永恆過程中

等待的詩不需辨識

其實也無需等待

永恆只有堅持

不用等待

詩也是

等待的詩不在等待中出現

2002.03.28
美國加州聖塔芭芭拉

安 魂曲　071

石頭論

1.

潑向天空的水
被風吹走

拋向天空的麵包
被鳥啣走

投向天空的石頭
落下來

打到自己的頭

2.

石頭有許多顏色

藍色說是藍寶石
內藏許多黑點

綠色說是綠寶石
內藏許多黑點

只有玫瑰石
是五彩繽紛的思惟

愈摩挲愈燦爛

3.

石頭碰石頭
不論軟硬

軟石破了
碎成片片

硬石破了
也碎成片片

石頭破裂時
只有一聲響

4.

拿石頭
打鳥

石頭變成鳥
飛走

鳥變成石頭
掉下來

石鳥沒有回頭
不知去向

鳥石被人
收藏

5.

石頭能飛
也能叫出鳥的聲音嗎

石頭砸地
是剛硬的聲音

石頭飛過天空
會變得溫柔嗎

石頭在手裡
開始思考音調

6.

用木棍丟狗
狗把木棍咬回來

用石頭丟狗
狗在石頭上拉屎

木棍愈丟
愈光亮

石頭丟一次
就丟掉

7.

石頭打破窗
讓鴿子飛走

不久
鴿子又飛回來

直到石頭
堆滿鴿籠

鴿子在屋頂
叫著姑姑苦苦

8.

石頭不會成長
只會分裂

大石頭生小石頭
是分裂自己
犧牲自己的一部分

小石頭生沙粒
是分裂自己
犧牲自己的一部分

是誰生石頭呢
那是宇宙

宇宙只會成長
不會分裂

9.

石頭拿來築牆
防衛別人
自己成為箭靶

石頭作為武器投擲
自己受傷
為了別人勝利

石頭不說話
保持沉默

10.

要是石頭說話
世界一定很吵

要是石頭吃飯
世界一定飢荒

要是石頭革命
地球一定崩潰

但石頭堅持無為
因為它有力量

11.

石頭被批評冷漠
因為它的愛在內心

石頭被批評冷漠
因為它的表情不被人瞭解

石頭內心有放射線
會發出夜明珠的光

石頭表情在大自然裡
只有青苔知道

12.

石頭在心上
放不下

起來寫寫
躺下想想

石頭愈寫
愈重

詩愈寫
愈長

2002.09.01

鳥鳴八音

1.

鳥折翼
留下異樣的
羽毛

2.

鳥繞樹三匝
聽到年輪聲音
過了三年

3.

有人要辨識鳥語
鳥自己全部
失去了記憶

4.

鳥投影
在水中
魚嚇得躍出水面

5.

鳥笑魚
不會飛翔
魚笑鳥不會游泳

6.

麗日當空
鳥的哀歌
輕快的詠嘆調

7.

秋風斜雨
鳥的歡呼聲
在嗚咽

8.

鳥飛過
以天使的光影
在無神的天空

2006.01.11

形 象
——觀魏樂唐先生抽象畫

無形之形

在是與不是的

恍惚間

脫穎而出的生命

迸出宇宙洪荒

黑色純然

從無始之始

舞出生命

以巨大的爆發力

迸出繽紛的色彩

書入畫境

化成無法之法

淋漓自如
在意不在形
形不在意在

飛躍的生命
在四度空間迴旋
畫面上留存的
是詩的印象
終究無象之象

2005.12.19

安 魂曲　091

夜　禱

神啊　我白天迷惘於

栖栖皇皇　無緣接近祢

加上白內障　看不見形象

我半夜醒來　透過黑夜

包圍我四周的深沉黑暗

感覺到祢在遠方守候

即將到來收網的光明

我感覺到祢的存在

包容在我的內心裡

居住在我內心為祢建造

無形而永不毀壞的神殿

不待我呼喚　不待我祈禱

祢與我同在　不論黑夜

還是白天　祢無所不在

我透過閱讀認識祢

我透過思考掌握祢

我透過仰望確認祢

在祢的絕對黑暗中

守候祢另一種形象

光明的到來　我祈求

和祢融合為一　我

和祢　我的神

2006.01.19

薩爾瓦多詩旅

西班牙語我只會說
Buenas Noches！Gracias！
這樣你們就接受了我

我在台上看到你們
幾百雙聚精會神的眼睛
比投射光還亮麗
照得我暖烘烘起來

我帶來台灣之聲的發音
向你們廣播詩的旋律
你們不知道的語言
竟然體會出我的母語

比我長大才學的華語

有更為悠揚的節奏

我唸到〈山在哭〉

你們紛紛告訴我受到感動

你們的感應竟然是透過

你們的詩人運用

你們熟悉的語言

朗誦轉述我的心情

會後你們湧向前來

向我致賀　握手　要求簽名

熱烈貼頰和擁抱

對我像家人一樣

只是我不知道

哪一位是我前世

今世或來世的新娘

2002.07.06

蘇奇多多的神祕

進入蘇奇多多耀眼的強光

我突然感到一陣荒涼

似乎走到許多人逃亡的街上

連石頭也失去了表情

白色的牆使我無端想起

隔著世紀和重洋的洛爾卡

我希望聽一些風聲

沒有風聲

卻有無聲的槍在逡巡

蘇奇多多的神祕是因為

用牆建立起懷疑的眼光

牆內卻是綠意的天地

像盆栽一樣雕琢的古木

不但參天還盤踞參禪

後院不知是沒落

或是還沒興建完成

存在似乎為了存在而已

而延伸到湖邊的縱深

好像進入神祕的時光裡

全身退出是必然或是偶然

就像歷史有時無法解釋

但我窺見了白色的牆後

自成一個不欲人知的世界

2002.07.06

克里希納

　有人說祢是幽黯國度

　我來到祢的懷裡

　反而豁然開朗

　知道世上竟有

　那麼多人在生活水平以下

　像蛆蟲在掙扎

　那麼多人栖栖皇皇

　比螞蟻忙碌和辛勞

　那麼多灰塵蒙住天空

　克里希納啊　祢的眼睛是否被蒙住

　我常看見祢高高在上

　注意崇拜祢的人來來往往

　祢有沒有看透他的內心

有時激動　有時不安

有時需要撫慰　有時需要愛

幾千年的歷史從傳統進入現實

還有多少年可以把現實帶入夢境

祢在廟堂上我崇拜祢

我更嚮往祢在身邊讓我愛祢

我會像恆河穿透祢的心臟

說說人民的喜怒哀樂

和祢共享隨時感受的情意

印度或許有過幽黯的時代

光在誰的手裡呢

克里希納啊　祢張開著眼睛

天空有時灰濛　有時藍得晶瑩

就像我對祢一樣純淨

崇拜祢　我不用信徒的姿勢

我只是常常凝視祢

期待祢始終在我身邊

印度假使是幽黯

因為人的心還沒有打開

歷史的腳步很慢

我祈求成為祢的唯一

儘管祢還要照顧他人

我看到許多哀愁的眼睛

在車潮人潮中滿懷希望和憂傷

那些應該在快樂歲月的孩童

無助地張望人來人往

累積生活的重壓成長

他們需要祢　克里希納啊

更甚於我的心靈

我只要遠遠看祢一眼就心安

在祢身邊是緣份嗎

我終必回到軌道上應有的位置

印度會在我夢中時時出現

或許再過幾十年幾百年

我看到祢的時候

祢展露美麗的珍珠笑容

開光在印度人民幽黯的心坎上

2003.12.08晨5:50
印度奧蘭卡巴旅邸

大自然的畫
——沙勞越Lulu國家公園之一

飛翔的鳥聲

掛在東牆

爬行的蜥蜴

掛在西牆

沒有止境的沼澤

掛在南牆

歷史幽黯的雨林

掛在北牆

啊　原來這不是藝術家的畫

是大自然不經雕琢的實景

只有旅人

和架空的長腳木屋

是掛在自然裡的

裝飾

2003.02.19

蝙 蝠
——沙勞越Lulu國家公園之二

像一道煙

從洞口沿著絕壁

裊裊升向天空

隨風飄散

沓於黑暗的蝙蝠

從蝙蝠洞蜂擁而出

剛入暮的外在世界

注定要轉入

比黑暗洞窟更加

暗無天日了

黑暗的世界

成為蝙蝠肆無忌憚的

洞外樂園

2003.02.20

蜜月高雄

四十年前
我選擇高雄蜜月
住進木板屋的旅社

難熬的悶熱
半夜車站前吆喝聲
成為我的夢魘

我買不到一朵玫瑰
討回五月新娘的笑靨
高雄啊　是錯誤的選擇

近來我〈秋天的心情〉

在公車站牌上向水都的風傾訴

〈玉蘭花〉在公園旁吐蕊

滿街樹木列隊向人揮手

路旁更是花招不斷

像是花童引向回憶的禮堂

四十年後再到高雄

感覺回來補度蜜月

每一次都賡續未完的甜美

2004.11.25

沉默的媽祖
——詠旗後天后宮

廟不在大

為神不在多言

我默默定坐

不動如林

對行船人的安全

我心中自有盤算

天有好生之德

生賴好德之天

廟小與我何有哉

即使屋漏我仍自得

不用紙錢賄賂

不用呼天搶地

我不能呼風喚雨

也無意霸佔位置

我提供的信仰

以愛為本

故曰：廟不在大

　　有詩則名

　　神不在言

　　有誠則靈

2006.10.04

斯文長在
——詠鳳山舊城孔廟崇聖祠

斯文不沒落

只是時移而境遷

文化入民族血脈

形雖解體而長在

最後的祭祀遺跡

成為象徵

仍然在歷史中吟詩

伴著風聲雨聲

伴著新興民族幼苗

琅琅讀書聲

縱然落寞空虛

還好有古樹長相左右

亮著珠璣詩句葉片

斯文長在人心

應時運勢何樂不為

吁！時之聖者

　　詩之聖也！

2006.10.05

門第的光蔭
——詠陳中和紀念館

看到陽光和樹影爭吵

從前庭到四周圍

外界紛紛擾擾雜音

無礙宅邸內書香藝氛

大家族雍容器度

遙想當年主公英姿

在珠盤上輕輕撥弄

彈指間一粒風一粒雨

快閃勝似光陰變化

陸地糖產　海上貿易

架撐起港都產業迴廊

宅內宅外子孫繁衍熱鬧

不時在歷史中迴音飄蕩

門第氣勢留下時代見證

主公宛在已然超越時代

回首陽光與樹影無端爭吵

淹沒在鳥聲和車聲裡

2006.10.06

詠金門料羅灣

白天我來時

俯瞰妳金色的沙灘

曲線畢露的處女地

料羅灣啊

在金門的聖地

曾經被砲彈吻遍

每一寸肌膚

兵士搶灘卸船的補給品

像落水焦急的螞蟻

那時我在福爾摩莎

隔著似近又遠的海洋

聽到妳身上砲聲焦急的回音

四十六年後

回音依稀在歷史的耳中

振盪

如今我看到一些殘堡

已被昂然的綠樹遮蔽

在昔日的戰地奔馳

沒有崗哨　沒有口令　沒有宵禁

隆隆的砲聲只在慶典中回憶

或是偶爾試試回憶是否生鏽

海

最大的寬容

多少砲彈吞進後轉眼平靜無波

轉眼卻轉過了多少緊張的歲月

海的記憶以世紀衡量

人類愚昧勝似蜉蝣

落入海底無聲無息的砲彈

就像挑動戰爭的人物

消沉在歷史的記錄中

海依舊是海

波浪要翻騰　波浪要安息

都不是人的緣故

金門島遠離了戰爭

還是戰爭依然在放煙幕？

金門聖地　不是因為戰地

而是綠色耀眼的和平之島

海在四周防衛著島

也開放島的四周向世界呈現

夜裡我離去時

俯瞰妳黑綢的神祕

點點漁船是一排排金色的鈕釦……

2004.07.31

海洋和草原

海洋的綠色草原
一群群的綿羊
被風驅趕著
嘩啦啦響

草原的綠色海洋
一層層的波浪
隨風起伏
咩咩叫

我在長住的海島
想像廣漠的草原
我去草原旅行
帶著海洋的鄉愁

究竟海洋是我的草原呢

或者草原是我的海洋

海浪是我的羊群呢

或者羊群是我的海浪

2004.01.27

致蒙古詩人

在我的夢土上

北方有遼闊的草原

一直連綿到天邊

在人類學上

蒙古是我的故鄉

我祖先從天邊

經過多少世紀的歷史

來到南方的海角

台灣在太平洋的海角

不　或許是海洋的中心

正如蒙古在天幕下的中央

詩讓我為未來造像

也回溯到心的原點

我真實感受到家的親情

連繫蒙古詩人的溫馨

2004.05.15

馬　奶

在草原的藍天下
幾幾乎
伸手可觸及白雲

在成吉思汗營
迎賓的草地
蒙古姑娘呈獻的馬奶
我接到的是一杯白雲

酸酸澀澀的味道
有草原的香味
有少女的溫柔

飲馬奶

享受微風般的醺醺然

一種初戀的味道

屬於前世

2005.07.14

戈壁之女

離開戈壁
就像一顆流星
在蒼冥的宇宙間
尋找一個方向

遊牧的生活
就是滾滾黃沙
走向烏蘭巴托
成為滾滾人潮

離開戈壁
我知道自己的方向
卻不知留在沙漠的家
會流移到哪一個方位

家在天地之間

蒙古包只是休息場所

有時像沙丘

一陣風就飄到另一個地點

回到戈壁

在荒漠的八方

四顧茫茫打聽

家在何處家在何處家在何處

2005.07.26

成吉思汗的夢

　　你有一個夢　龐大到

　　戈壁容不下　草原容不下

　　整個千禧年也容不下

　　遊牧的金星引導你

　　向北走　向東走　向南走

　　最後向西走　一直走到

　　天邊　一直走到海角

　　沙漠連接到茫茫海洋

　　草原進入到莽莽山林

　　你的夢在於歐亞拼圖

　　遊牧民族不收藏土地

　　取諸世界　還諸世界

　　你的蒙古馬是一顆流星

　　你的馬上雄姿眾人仰望

所到之處歷史成為流言

你忽而現身　忽而消失

須臾　成就你的須彌

第二千禧年以你為尊

你的肉體化成幻影

宇宙間自由自在無所不在

你生諸天地　還諸天地

留下畫像流落未登臨過

海角島嶼台灣的虛擬故宮

繼續一個鄉愁的夢

夢到蒙古草原　夢到戈壁

夢到蒙古繁衍的子孫後裔

2005.07.29

蒙古草原意象

像一盤包子

端上餐桌

乳房層層疊疊

在草原上

向天空袒露

藍藍的天空

看到眼紅

終於閉目歇息了

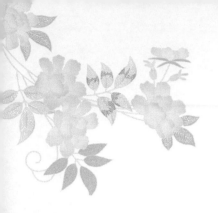

綿羊躺在山坡下
以男嬰的姿勢
溫溫柔柔

2005.08.05

雪落大草原

蒙古包外

雪靜靜落著

天地柔情對話有滿月見證

蒙古包內

劈拍響的燒柴正熾

旅人的心跳聲應和著

旅人們圍著爐火的談興

追憶年輕時的豪邁

對照進入老境的心情

蒙古包內

漸起的鼾聲流水般

時而悠揚時而徐緩

蒙古包外

大草原的雪

跳起了迴旋土風舞

2006.09.12

在格瑞納達

在我的故鄉

經常聽到

心靈的呼喚

來自尼加拉瓜

達里奧的祖國

絲絲入扣

從太平洋此岸

到達台灣東海岸

從世紀的此岸

到達時間流逝的彼岸

從現實世界的此岸

到夢裡尋尋覓覓的彼岸

循著心靈的呼喚

終於來到尼加拉瓜

我看到達里奧的同胞

在太陽豐收的土地上

有著褐色的笑容

在古城格瑞納達

從世紀遠遠的彼岸

流傳著美麗與哀愁

從世界各國匯流

詩的友誼和夢幻

2006.02.07
尼加拉瓜格瑞納達

達里奧的天空

乾旱的季節

達里奧的天空

每到傍晚

飄飛著雨絲

不夠凝結成

一首抒情的淚

教堂的廣場上

聚集人群比鴿子還多

詩句比雨絲濃些

民眾的情緒

最後被牆上點燃

才顯示灼灼的字句

擠出了驚嘆

人群和鴿子一樣

四散各自找尋

回家的夜色

或許帶回一句兩句

達里奧留下

顏色不太分明的天空

藏在夢裡

2006.02.09
格瑞納達

二二八安魂曲（華語）

序　說

　　傍晚，2月27日，無風無雨，那是1947年風雨飄搖的年代。太平洋戰爭結束，處在太平洋上的島嶼台灣，主權易手，不同的文化體質相激相盪。

　　中國內亂和政治劇變，波及台灣，物價飛漲，社會不安，亂象日益凸顯。

　　2月27日，傍晚，天馬茶房走廊下，台北市南京西路繁華區，緝私警員推倒攤販林江邁的菸攤，香菸散落一地，路人議論紛紛，緝私警員情急，掏槍亂射，旁觀者中彈倒地，群情激昂。翌日震驚全台，於焉揭開狂風暴雨的二二八事件。

第一章　寒　夜

　　官方宣佈戒嚴，動用軍隊鎮壓民眾，逮捕社會精英和意見領袖，不經傳訊、不經搜證、不經調查、不經辯論，台灣陷入白色恐怖時期，一片淒風苦雨……。

　　寒夜

　　鐘敲一下

　　脫掉溫暖的棉被

　　披上一身月光

　　匆匆出門

　　我跟著陌生人

　　陌生人跟著我

　　四周是幢幢的黑影

熟悉的巷路
愈走愈暗

冷不防的槍聲
比寒夜還冷

我的眼睛蒙住
我的心口明朗
我的血不由自主
熱　熱　熱起來

寒夜裡
我聽到大地的聲音
我聽到人民的聲音
我的步伐響應著
堅定的意志

我一路思索革命　民主
比路還長的許多命題

什麼地方

有竹葉的風聲

有幽幽的水聲

難道已到奈何橋頭

邁向不許回頭的幽冥路

冷不防的槍聲

打斷我的思路

給世界的遺言

衝口就被寒夜凍結

來不及發出聲音

第二章　消　息

　　人命朝不保夕，有人朝出，從此不知下落，有人晚歸，半夜被魔神帶走，就此消失無蹤。到處風聲鶴唳，人心惶惶，不知如何自處。受難家屬更是求救無

門，要人，人不見；要屍，屍無存。天空不時流著眼淚……。

　　來不及給他披上外衣

　　我全身發冷

　　我的血冷　冷　冷僵了

　　剩下手心裡

　　他出門時匆匆一握的

　　一絲絲溫暖

　　寒夜裡驚醒

　　每當鐘敲一下

　　一次驚心的槍聲

　　我不相信

　　鐘敲兩下　三下

　　我不相信　我不相信

天亮

我拋下哀哀啼哭的女兒

披頭散髮如像鬼魂

到處尋覓

從沒有方向

到所有的方向

打聽許多慌張的嘴

打聽許多焦急的耳朵

打聽許多黑洞的衙門

從街頭巷尾

走到荒山野外

走到水窮淫地

走到懸崖絕壁

沒有消息

是唯一的消息

從此生死路上沒有消息

我的青春也沒有消息

我唯一的等待

就是消息

第三章　呼　喚

　　事件造成多少家庭破滅，遠勝於戰爭的衝擊，殃
及純真無辜的下一代，失去家庭支柱的依靠，被標誌
為叛逆兒女的猩紅字，從此如影隨形，受到詭異的眼
光和惡意的指點。風聲雨聲在身邊騷擾……。

看到母親頭上的白髮

看到母親臉上的皺紋

母親的青春

永遠沒有消息

看到父親在照片裡

依然英挺

看到父親在我夢中

依然英俊

父親的青春長在

半夜裡

鐘敲一下

我也會驚醒

聽到母親在暗中哭泣

在學校裡

有的同學作弄我

說我是壞人的女兒

我的忍受

不讓母親知道

就業時

有的同事露出狐疑的眼光

還在背後竊竊私語

我的忍受

不讓母親知道

為什麼鐘聲使我心驚

從鐘樓上傳出

悠揚遠播的聲音

會不會是父親在呼喚

呼喚我呢　還是呼喚大地

每年過了寒冬

多少個寒夜

鐘敲一下

在惡夢中驚醒

也驚醒了櫻花

然後驚醒了春天

母親青春的消息

回到我的身上

父親青春的歲月

還在不定的歷史中

摸索著位置

第四章　輪　迴

　　1947年出生的新生兒，被稱為冤魂轉世，受難者不甘安息，回頭尋求公理和正義。對疼惜的鄉土，不忍就此棄絕，但不明不白的政治、不明不白的社會、不明不白的遭遇，除了轉念信望愛，還能找出什麼明白的道理。狂風暴雨什麼時候才會過去……。

　　我在半夜出生

　　鐘敲一下

　　沒有悲喜交集的哭聲

　　印堂發黑皺著眉

相命師說是驚嚇

是的　受到驚嚇的

是母親　不是我

父親不知有沒有驚嚇

我從來沒有見過

父親的模樣

有人說我是父親神魂轉世

我常在鏡中恍恍惚惚

看到父親的疊影

上學時

老師嘲諷我是叛徒的兒子

同學用石頭向我投擲

沒有人加以阻止

服役時

我最常被分派苦役

半夜站崗目睹幽靈出現

沒有人相信

就業時

我被禁止擔任公務

我不能出國

我不能競選公職

結婚時

連岳父母都不敢出席婚禮

我探究父親行蹤

母親不言不語

姊姊只會偷偷拭淚

我暗中追查真相

知道的是點點滴滴

但我絕不怨懟

社會上的苦難

不止有生命無常

有人窮困潦倒

有人受到病痛折磨

我是父親再世

我深信不疑的輪迴

繼續承受母親深情的愛

對人間付出最大的關懷

我感受到台灣的土地

永遠讓我魂牽夢縈

啊！啊！原來是

父親秉持的信望愛

第五章　審　判

　　生命成敗，歷史功過，純在一念之間。個人的
犧牲，成就民族的輝煌，領悟也在一念之間。公理和
正義，失之司法，收之歷史。誰能計較風雨無常的洗
禮……。

我的神魂飄蕩

在台灣的天空

找不到定位

我對台灣的愛

使我的神魂依然

守護在台灣的身邊

我看到同志和伴侶

逐漸在徬徨中老去

我看到後代兒女子孫

追逐風　追逐雨　追逐月

追逐天天明朗的陽光

鐘聲不再驚悚

不再是淒厲的槍響

我沒有怨尤

只是等待著審判

歷史上的對錯

生命不是永恆

我堅信生命的麥粒

會在台灣發芽

長成民族燦爛的希望

我的苦難

不在乎怎麼算計

我耕耘　流血流汗

為台灣的土地

這是天生的宿命

我的神魂依然在飄蕩

每當鐘敲一下

我會回首

期待歷史終究

會給我最後的審判

我不在乎事件過程

力量的拔河倒向哪一邊

我在意的是

我的生命在歷史中

產生什麼樣的意義

我的熱情　我的勇氣

可以給後代什麼樣的

自豪和得意

第六章　安　魂

　　幾千幾萬條人命，在一次狂濤巨浪的事件中，或迅即滅頂；或載浮載沉，淪為波臣；或沖至溼地暗角，渾沌以終。不論壯士、不論冤魂，終究回歸歷史的主流。宇宙的真理：雲過日出，雨過天青……。

　　面對嚴肅的歷史

　　誰敢輕言審判

誰能審判

誰是審判者

誰應該被審判

台灣已經新生

埋冤之地

埋冤過歷史多少事蹟

不足為奇

因為有多少人犧牲

才成就台灣的偉大

因為有多少人容忍

才顯出和諧的力量

因為有多少人寬恕

才形成團結的社會

多少是非

會在歷史裡澄清

法律不能公斷

人心自有天平

政治或許有超強力量

敵不過藝術和詩歌的永恆

安息吧　眾神魂

半世紀的冤屈

增添台灣史坎坷的歷程

因為你們搏命的演出

寒夜已不再使人心冷

呈現的是皎潔的月輝

聽到鐘聲

會想到婚禮的歡樂

鐘敲一下

就有一個新生命報到

安息吧　眾神魂

不必再等待最後的審判

歷史歸於歷史

見證著有你們

為台灣的土地和人民

勇於仗義執言

勇於承擔犧牲

獻詩歌頌你們

無畏不屈的精神

安息吧　眾神魂

安息吧　眾神魂

2002.03.17

文學台灣45期　2003.01.15

自由時報副刊　2003.02.28

二二八安魂曲（台語）

話　頭

　　晚頭仔，2月27日，無風無雨，彼是1947年風雨亂紛紛的年代。太平洋戰爭結束，在太平洋的島嶼台灣，主權換人，無共款文化體質互相衝激。中國內亂和政治激烈變化，影響台灣，物價大起，社會不安，亂象愈來愈明顯。

　　2月27日，晚頭仔，天馬茶房亭仔腳，台北市南京西路繁華的所在，查闇（やみ，黑市）的警察捒倒攤販林江邁的菸攤仔，路邊的人議論紛紛，警員著驚舉槍亂濺，旁觀者僥倖著槍子，群眾激動。第二日，全台灣齊震動，就安爾發生風雨狂狂滾的二二八事件。

第一章　寒　夜

　　官方宣佈戒嚴，動用軍隊鎮壓民眾、掠人，社
會精英和頭兄，無經過調問、無經過查證、無經過辯
護，台灣進入白色恐怖時期，一片淒風慘雨……。

　　寒夜

　　鐘摃一聲

　　掀開燒燒的棉被

　　披一領月光

　　匆匆忙忙出門

　　我逮生份人

　　生份人逮我

　　四箍圍暗漠漠

　　熟悉的巷仔路

　　愈行愈暗

淒冷的槍聲

並寒夜復較冷

我的目珠掩住

我的心頭明白

我的血自然

燒　燒　燒起來

寒夜

我聽到大地的聲音

我聽到人民的聲音

我的腳步遝著

堅定的意志

我一路思考革命　民主

真濟主題　並路復較長

什麼所在

有竹葉的風聲

有靜靜的水聲

敢是行到奈何橋頭

無法度回頭的陰陽界

淒冷的槍聲

打斷我的思考

給世界的遺言

到嘴口就被寒夜凍結

未赴發出聲音

第二章　消　息

　　人命日時不敢保暗時，有人早起時出門，就安爾
不知何位去，有人晚頭仔倒轉來，半暝被魔神仔掠
去，就安爾無消無息。風聲傳來傳去，人人驚惶，
不知如何是好。受難家屬無地救人，要見人，人無
地見；要見屍，屍無地存。天公伯仔不時在流目
水……。

未赴給他披一領外衫

我歸身軀悽冷

我的血冷　冷　冷霜去

干單手底剩

伊出門時匆匆忙忙拎一下

一絲絲仔溫暖

半暝清醒

每遍鐘摃一聲

恰如著驚的槍聲

我不相信

鐘摃兩聲　三聲

我不相信　我不相信

天光

我放落啼啼哭哭的查某子

披頭散面恰如鬼

在四界找

由無方向

找到所有的方向

探聽誠濟驚惶的嘴

探聽誠濟著急的耳孔

探聽誠濟黑天暗地的機關

由街頭巷尾

行到荒廢的郊外

行到水尾湳仔地

行到山嶺絕壁

無消息

是唯一的消息

生死路上全然無消息

我的青春也就安爾無消息

我唯一的等待

就是消息

第三章　呼　喚

　　事件造成若濟家庭破滅，超過戰爭的衝擊，害著無辜的下一代，失去家庭扶持倚靠，紅字貼在身軀頂，給人當作叛徒的子兒，行到何位就遇著歹看的目色，給人指指拄拄。風聲雨聲統在身軀邊攪吵……。

　　　看到阿母的白頭毛
　　　看到阿母面的皺紋
　　　阿母的青春
　　　永遠無消息

　　　看到阿爸的像
　　　猶原真緣投
　　　看到阿爸在我眠夢中

猶原真四壯
阿爸的青春原在

半眠
鐘摃一聲
我也會驚清醒
聽到阿母匿在哭

在學校兮
有的同學加我創治
講我是歹人的查某子
我干單有忍受
不敢給阿母知也

吃頭路時
有的同事對我鄙相的眼光
還復在偷講後壁話
我干單有忍受
不敢給阿母知也

為什麼我聽著鐘聲會驚？

由鐘樓傳出來

清悠的聲音

敢不是阿爸在呼喚

呼喚我呢　還是呼喚台灣

每年經過寒冬

有若濟寒夜

鐘摃一聲

在惡夢中驚醒起來

也驚醒櫻花

然後驚醒春天

阿母青春的消息

轉來我的身軀

阿爸青春的歲月

還復在無定著的歷史中

找未著位置

第四章　輪　迴

　　1947年出生的紅嬰仔，被人稱呼做冤魂轉世。受難者不願安息，轉來要求公理和正義。對愛惜的鄉土，不甘放揀，對不明不白的政治、不明不白的社會、不明不白的遭遇，除了掛念信望愛，還復會當找什麼明白的道理。狂風暴雨什麼時瞬才會過去……。

　　我在半暝出世
　　鐘摃一聲
　　無悲喜交集的哭聲
　　額頭黑青　憂頭結面

　　相命仙仔講是驚著
　　無不著　驚著的是

阿母　不是我

阿爸不知有驚著無

我從來不曾看過

阿爸的樣

有人講我是阿爸神魂轉世

我常常在鏡內

恰如看到阿爸的影

學校讀書時

先生剾洗我是叛徒的子

同學加我擲石頭

無人加伊阻擋

軍營做兵時

我常常被人分配苦工

半暝企衛兵看見幽靈出現

無人欲相信

吃頭路時

我被人禁止擔任公務

我未使得出國

我未使得競選公職

結婚時

連丈人丈姆統不敢出席婚禮

我探聽阿爸的行蹤

阿母一句話都無愛講

阿姐干單會偷偷拭目水

我暗中追查真相

干單知也答答滴滴

我絕對不會怨恨

社會上的苦難

不止有生命無常

有人散赤到鬼欲掠去

有人受到生苦病痛

我是阿爸再世

我相信生命的輪迴

繼續承蒙阿母的愛護

對人間付出最大的關懷

我感受到台灣的土地

永遠給我暝日思念

啊　原來是

阿爸堅持的信望愛

第五章　審　判

　　生命成敗，歷史功過，統在一念之間。個人的犧
牲，成就民族的輝煌，覺悟也在一念之間。公理和正
義，司法無法度解決，歷史總是會裁判。誰會當計較
風雨無常的洗禮……。

我的神魂飄浪

在台灣的天頂

找不到定位

我對台灣的愛

給我的神魂猶原

守在台灣的身邊

我看到同志和牽手

漸漸在恍惚中老去

我看到後代子孫

受風受雨　受到月光

每日受到赤炎炎的日頭

鐘聲不復再驚惶

不復像淒冷的槍聲

我無什麼怨嘆

干單等候審判

歷史總是有是非

生命不是永遠

我相信生命的種籽

會當在台灣暴英

變成民族光明的希望

我的苦難

無什麼可計較

我努力　流血流汗

為著台灣這塊土地

是天生的命運

我的神魂猶原在飄浪

每遍鐘若擂一聲

我就越頭

期待歷史會做出

最後的審判

我不會計較事件過程中

糾索的力頭偏向何一片

我要追求的是

生命在歷史中

產生什麼款的意義

我的熱情　我的勇氣

會給後代什麼款的

自尊和意志

第六章　安　魂

　　幾千幾萬條人命，在一片黑天暗地的波浪中，有的即刻身亡；有的若沉若浮，也就安爾失落；有的被衝到湳仔地，困苦一世人。無論是壯士，無論是冤魂，終歸也是該容納入歷史的主流。宇宙的真理，永遠是：雲過日出，雨過天青……。

面對嚴肅的歷史

誰敢隨便審判

誰會當審判

誰是審判者

誰該被人審判

台灣已經新生

埋冤之地

埋冤過若濟歷史事蹟

不免奇怪

因為有若濟人犧牲

才成就台灣的偉大

因為有若濟人吞愉

才顯示和諧的力量

因為有若濟人寬容

才形成團結的社會

若濟是非

會在歷史上清楚明白

法律無法度裁判

人心自然有秤頭

政治無定著有強權

抵不會過藝術和詩歌的永久

安息乎　眾神魂

半世紀的冤枉

加添台灣史坎坷的命運

因為有你等拚生命的演出

寒夜已經不會被人感覺清心

出現的是明朗的月光

聽著鐘聲

會想到婚禮的喜事

鐘摃一聲

就有一個新的生命來出世

安息乎　眾神魂

不免復等待最後的審判

歷史歸歷史

見證著有你等

為台灣的土地和人民

勇敢仗義發聲

勇敢承擔犧牲

獻詩給你等

代表台灣倔強的精神

安息乎　眾神魂

安息乎　眾神魂

2003.05.10　零時　譯畢
台灣報副刊　2006.02.28

【附錄】

史詩的交響

莊金國

　　台灣的舊體詩，不乏感人肺腑的史詩創作，只可惜內容引經據典過多，難以超逸漢文化的窠臼，致未能建構台灣史詩的主體性。

　　萌發於日治時期的新體詩，在東西文化潮流衝擊下，台灣詩人為了調適漢、日語的不同特性，有如同時運轉兩個方向盤，初期雖然表現生澀，但至終戰前，已從實驗期過渡到接近成熟發展期。

　　戰後，世代的巨輪緊急轉向，跨越語言的一代，再度面臨能否越浪前行的嚴酷挑戰，語言思考被強制必須做出抉擇，想要永續創作，仍得重步同時運轉兩個方向盤，向兩條平行線前進。

直到現在，前輩詩人，運用日文思惟創作，再經翻譯，常予人詩質鮮異感，若改用漢文構思，則因不能完全表達思想的奧祕，多數詩味淡薄。抒情寫意都困阨重重，欲求他們放手拓耕史詩荒地，豈非苛求。

值得慶幸的，是被尊為「台灣新文學之父」的賴和，兼具漢、日文深厚素養，以漢文寫不同文體，包括新、舊體詩，皆無窒礙。在史詩的開創上，也為台灣新體詩留下典範之作，譬如有關二林事件的〈覺悟下的犧牲〉、霧社事件的〈南國哀歌〉，尚未經深層的醞釀與焠煉，急於配合時效發表，猶能表現出震懾人心的澎湃氣勢。

戰後五十多年來，台灣新體史詩的整體成績，比諸小說，明顯遜色，主要由於前行代典範作品太少，受中文教育成長的世代，大都偏向詩質意象的追求，認為詩與小說各有領域分際，史事交由小說家，更可發揮文學功能，詩則專注於各類新奇的即物象徵。不可否認的，台灣詩在創作上呈現豐碩的成果，但過於迴避接受史詩的挑戰，則是一大缺憾。

史詩難寫，誠是事實，史詩要兼具藝術功能的高難度，也許超過長河小說的運籌與佈建功夫。因此西方國家具有史詩風貌的成功詩劇，在文學藝術上佔有非常崇高的地位。要求寫好史詩，詩人單憑才氣揮灑，成就不了史詩大業，通識博學加上各種文學都曾多方嘗試，才能出征史詩曠野。

　　詩人李魁賢曾以〈孟加拉悲歌〉獲得吳濁流文學獎新詩獎。「孟加拉兄弟們／張大嘴巴一如合不攏的天空／你們無告的深陷眼神／凝視著不確定的陰影」，像這樣令人動容的詩句，在通篇每一個段落閃耀著。李魁賢著力於台灣史詩的部分，尚欠缺如〈孟加拉悲歌〉詩的架構，最近完成的〈二二八安魂曲〉，對他以及台灣詩壇，堪稱難得一見的史詩交響曲。

　　這首詩，先有音樂家游昌發譜寫輕歌劇，結合朗誦、清唱、歌唱及配樂，完成第一樂章〈寒夜〉，接著又有作曲家柯芳隆譜成交響樂和合唱曲，優美的旋律貫串全曲，在舞台演出時，還可穿插舞蹈劇情。

二二八的遊魂猶在台灣的天空飄蕩，李魁賢以個案為其安魂，並安撫受害家族不安的心靈，他安排讓他們重回歷史現場，第一章〈寒夜〉從鐘聲到槍聲，一個有妻小的年輕生命就被「冷不防的槍聲／打斷我的思路／給世界的遺言／衝口就被寒夜凍結／來不及發出聲音」。

　　全詩共分六章，寒夜之後依序是〈消息〉──妻子的回憶、〈呼喚〉──女兒、〈輪迴〉──遺腹子、〈審判〉──鬼魂、〈安魂〉──詩人的呼喚與安慰。鐘聲在每一章中出現，鐘聲高低象徵當事人的心律波動，槍聲代表死亡，復由鐘聲回響出世的聲音。

　　　沒有消息
　　　是唯一的消息
　　　從此生死路上沒有消息
　　　我的青春也沒有消息
　　　我唯一的等待
　　　就是消息

〈消息〉的結尾，足可反映受難家屬對失蹤親人的絕望與一絲寄望。在此，寫意重於意象的型塑，史詩盡情處，直抒胸臆或最逼真。

　　面對嚴肅的歷史

　　誰敢輕易審判

　　誰能審判

　　誰是審判者

　　誰應該被審判

　　詩人在最後一章〈安魂〉的開頭，即提出歷史嚴正的立場，對二二八各種審判的聲音，詩人深深懷疑有何實際意義的補償作用。重要的是療傷止痛，讓冤魂得以安息，讓受牽累的心靈得以在這塊土地上，不再寢食難安。全詩最後兩行重複「安息吧　眾神魂」作結束，由個案而普及整個二二八遊魂，祈求從此解開心結安息，帶有普祭的廣義涵意。

　　〈二二八安魂曲〉的評價，有待詩評家另行申

論，筆者旨在藉此呼籲，台灣歷史上雖有漫長年代呈現空白，惟從古代追蹤考據及晚近文物記載中，即有許許多多值得詩人去發掘取材的史料。單以二二八事變來看，運用得當，就足以衍生成千上萬篇可歌可泣的歷史詩劇。

《文學台灣》45期
2003.01.15

國家圖書館出版品預行編目

安魂曲 / 李魁賢作. -- 一版. -- 台北市：
　秀威資訊科技, 2010. 01
　　　面；　公分. --（語言文學類；PG0303）

BOD版
ISBN 978-986-221-257-8（平裝）

851.486　　　　　　　　　　　98011211

 語言文學類　　PG0303

安魂曲

作　　　　者 / 李魁賢
發　行　　人 / 宋政坤
執 行 編 輯 / 藍志成
圖 文 排 版 / 鄭維心
封 面 設 計 / 陳佩蓉
數 位 轉 譯 / 徐真玉　沈裕閔
圖 書 銷 售 / 林怡君
法 律 顧 問 / 毛國樑　律師
出 版 印 製 / 秀威資訊科技股份有限公司
　　　　　　台北市內湖區瑞光路583巷25號1樓
　　　　　　電話：02-2657-9211　　傳真：02-2657-9106
　　　　　　E-mail：service@showwe.com.tw
經　　銷　　商 / 紅螞蟻圖書有限公司
　　　　　　台北市內湖區舊宗路二段121巷28、32號4樓
　　　　　　電話：02-2795-3656　　傳真：02-2795-4100
　　　　　　http://www.e-redant.com

2010 年 1 月　BOD 一版
定價：200 元

讀　者　回　函　卡

感謝您購買本書，為提升服務品質，煩請填寫以下問卷，收到您的寶貴意見後，我們會仔細收藏記錄並回贈紀念品，謝謝！

1.您購買的書名：＿＿＿＿＿＿＿＿＿＿＿＿＿＿＿＿

2.您從何得知本書的消息？

　□網路書店　□部落格　□資料庫搜尋　□書訊　□電子報　□書店

　□平面媒體　□ 朋友推薦　□網站推薦　□其他＿＿＿＿＿＿

3.您對本書的評價：(請填代號　1.非常滿意 2.滿意 3.尚可 4.再改進)

　封面設計＿＿　版面編排＿＿　內容＿＿　文/譯筆＿＿　價格＿＿

4.讀完書後您覺得：

　□很有收穫　□有收穫　□收穫不多　□沒收穫

5.您會推薦本書給朋友嗎？

　□會　□不會，為什麼？＿＿＿＿＿＿＿＿＿＿＿＿＿＿＿＿＿

6.其他寶貴的意見：＿＿＿＿＿＿＿＿＿＿＿＿＿＿＿＿＿＿

＿＿＿＿＿＿＿＿＿＿＿＿＿＿＿＿＿＿＿＿＿＿＿＿＿＿＿

＿＿＿＿＿＿＿＿＿＿＿＿＿＿＿＿＿＿＿＿＿＿＿＿＿＿＿

＿＿＿＿＿＿＿＿＿＿＿＿＿＿＿＿＿＿＿＿＿＿＿＿＿＿＿

讀者基本資料

姓名：＿＿＿＿＿＿＿＿＿＿　年齡：＿＿＿　性別：□女　□男

聯絡電話：＿＿＿＿＿＿＿＿　E-mail：＿＿＿＿＿＿＿＿＿＿

地址：＿＿＿＿＿＿＿＿＿＿＿＿＿＿＿＿＿＿＿＿＿＿＿

學歷：□高中(含)以下　　□高中　　□專科學校　　□大學

　　　□研究所(含)以上 □其他＿＿＿＿＿＿＿＿

職業：□製造業 □金融業 □資訊業 □軍警 □傳播業 □自由業

　　　□服務業 □公務員 □教職　□學生 □其他＿＿＿＿＿＿

請貼
郵票

To：114

台北市內湖區瑞光路 583 巷 25 號 1 樓

秀威資訊科技股份有限公司　　　收

寄件人姓名：

寄件人地址：□□□

- -

(請沿線對摺寄回,謝謝!)

秀威與 BOD

BOD（Books On Demand）是數位出版的大趨勢，秀威資訊率先運用 POD 數位印刷設備來生產書籍，並提供作者全程數位出版服務，致使書籍產銷零庫存，知識傳承不絕版，目前已開闢以下書系：

一、BOD 學術著作—專業論述的閱讀延伸
二、BOD 個人著作—分享生命的心路歷程
三、BOD 旅遊著作—個人深度旅遊文學創作
四、BOD 大陸學者—大陸專業學者學術出版
五、POD 獨家經銷—數位產製的代發行書籍

BOD 秀威網路書店：www.showwe.com.tw
政府出版品網路書店：www.govbooks.com.tw

永不絕版的故事・自己寫・永不休止的音符・自己唱